8°R
6527

AF724194

R
6327

ALPHONSE KARR

MESSIEURS
LES ASSASSINS

C · L

PARIS
CALMANN LÉVY, ÉDITEUR
RUE AUBER, 3, ET BOULEVARD DES ITALIENS, 15
A LA LIBRAIRIE NOUVELLE

1885

MESSIEURS
LES ASSASSINS

8° R
6127

CALMANN LÉVY, ÉDITEUR

ŒUVRES COMPLÈTES

D'ALPHONSE KARR

Format grand in-18

A BAS LES MASQUES !	1 vol.	
A L'ENCRE VERTE	1 —	
AGATHE ET CÉCILE	1 —	
L'ART D'ÊTRE MALHEUREUX	1 —	
AU SOLEIL	1 —	
BOURDONNEMENTS	1 —	
LES CAILLOUX BLANCS DU PETIT POUCET	1 —	
LE CHEMIN LE PLUS COURT	1 —	
CLOTILDE	1 —	
CLOVIS GOSSELIN	1 —	
CONTES ET NOUVELLES	1 —	
LE CREDO DU JARDINIER	1 —	
DANS LA LUNE	1 —	
LES DENTS DU DRAGON	1 —	
DE LOIN ET DE PRÈS	1 —	
DIEU ET DIABLE	1 —	
ENCORE LES FEMMES	1 —	
EN FUMANT	1 —	
L'ESPRIT D'ALPHONSE KARR	1 —	
FA DIÈZE	1 —	
LA FAMILLE ALAIN	1 —	
LES FEMMES	1 —	
FEU BRESSIER	1 —	
LES FLEURS	1 —	
LES GAIETÉS ROMAINES	1 —	
GENEVIÈVE	1 —	
GRAINS DE BON SENS	1 —	
LES GUÊPES	6 —	
HISTOIRE DE ROSE ET DE JEAN DUCHEMIN	1 —	
HORTENSE	1 —	
LETTRES ÉCRITES DE MON JARDIN	1 —	
LE LIVRE DE BORD	4 —	
LA MAISON CLOSE	1 —	
MENUS PROPOS	1 vol.	
MIDI A QUATORZE HEURES	1 —	
NOTES DE VOYAGE D'UN CA-	1 —	
SANIER	1 —	
ON DEMANDE UN TYRAN	1 —	
LA PÊCHE EN EAU DOUCE ET EN EAU SALÉE	1 —	
PENDANT LA PLUIE	1 —	
LA PÉNÉLOPE NORMANDE	1 —	
PLUS ÇA CHANGE	1 —	
..... PLUS C'EST LA MÊME CHOSE	1 —	
LES POINTS SUR LES I	1 —	
POUR NE PAS ÊTRE TREIZE	1 —	
PROMENADES AU BORD DE LA MER	1 —	
PROMENADES HORS DE MON JARDIN	1 —	
LA PROMENADE DES ANGLAIS	1 —	
LA QUEUE D'OR	1 —	
RAOUL	1 —	
ROSES NOIRES ET ROSES BLEUES	1 —	
LES SOIRÉES DE SAINTE-ADRESSE	1 —	
LA SOUPE AU CAILLOU	1 —	
SOUS LES ORANGERS	1 —	
SOUS LES POMMIERS	1 —	
SOUS LES TILLEULS	1 —	
SUR LA PLAGE	1 —	
TROIS CENTS PAGES	1 —	
UNE HEURE TROP TARD	1 —	
UNE POIGNÉE DE VÉRITÉS	1 —	
VOYAGE AUTOUR DE MON JARDIN	1 —	

F. Aureau. — Imprimerie de Lagny.

MESSIEURS

LES

ASSASSINS

PAR

ALPHONSE KARR

C · L

PARIS

CALMANN LÉVY, ÉDITEUR

ANCIENNE MAISON MICHEL LÉVY FRÈRES

3, RUE AUBER, 3

1885

Droits de reproduction et de traduction réservés

PRÉFACE-POST-SCRIPTUM

J'ai beaucoup étudié, beaucoup cherché et fouillé, beaucoup pensé, beaucoup rêvé, beaucoup écrit; je n'ai jamais appartenu, ni à une société, ni à une coterie, ni à un parti, — j'ai dit ce que j'ai « cru » être le vrai, le juste, le beau et le bon, — j'ai la conscience de m'être scrupuleusement conformé à mes deux cachets; l'un pris à Aristophane :

Αὐτότατος, — *toujours et tout à fait moi-même,*

L'autre à un grand chien avec lequel j'ai longtemps vécu :

Je ne crains que ceux que j'aime.

Eh bien! de tout ce que j'ai écrit, romans, pièces de théâtre, histoire, critique, fantaisies, vers et prose, etc. — si j'ai cette rare et heureuse chance que quelque chose me survive, ce sera deux petites phrases, — composant trois lignes à elles deux, — bagage bien léger même si on y ajoute trois ou quatre autres phrases aussi courtes, et qui à cause de cela pourra peut-être flotter et surnager.

L'une est le résumé de mes études politiques, — de ce que j'ai lu et de ce que j'ai vu ; — Je l'ai écrite en 1848.

« Plus ça change, plus c'est la même chose. »

L'autre, est plus ancienne; — on la trouverait dans les *Guêpes* de 1840 :

« Abolissons la peine de mort, mais que messieurs les assassins commencent. »

En 1829, — le très grand poète Victor Hugo publia un livre étrange, vertigineux qui s'appelait *le Dernier jour d'un Condamné*, — j'étais bien jeune alors quand je le lus comme tout le monde, et je ne me souviens que de l'impression qu'il fit sur les autres et sur moi, — le très grand poète, plus magnifique peintre et splendide lapidaire que philosophe, — trouva moyen d'intéresser les lecteurs au plus haut degré à son héros; seulement il mit beaucoup d'adresse dans sa plaidoierie *le Dernier jour d'un Condamné*, dit-il, mais il ne nous dit pas pourquoi il avait été condamné, — d'après la législation française ce ne pouvait être que pour « assassinat, meurtre avec préméditation », et plus que probablement précédé ou suivi de vol. — Le poète aurait donc pu, s'il avait voulu être exact, intituler son livre : *le Dernier jour d'un assassin*. — Il ne l'a pas voulu parce que ce titre eût naturellement, chez le lecteur, fait naître cette pensée ; — puisqu'il y a un assassin, il y a un assassiné, — nul doute que le très grand poète, avec son magnifique pinceau, — c'est à dessein que je dis « pinceau » — aurait pu, s'il l'avait voulu, et plus facilement, et c'est cette facilité qui l'en aura détourné, — nous intéresser au moins autant au

Dernier jour d'un assassiné.

S'il nous avait montré un homme honnête, intelligent, dévoué, ayant péniblement amassé pour sa nombreuse famille un petit pécule, — que l'assassin, le condamné — lui avait volé en le tuant, — le « condamné » condamnant le chef de la famille à la mort, toute cette famille au deuil, à l'abandon, à la misère.

De la publication de ce livre qui, si je m'en rapporte au souvenir de mon impression d'alors est « littérairement » très beau, date, du moins en germe, la mode de l'attendrissement sur les assassins, incendiaires, parricides, etc. Cette mode dura assez peu de temps, comme celles des manches à gigot pour les femmes qui sévissait en même temps, — mais fut reprise, préconisée, presque imposée plus tard par toute une école, tout un parti, ou du moins une coterie. — Et quelle était cette école, quel ce parti, quelle cette coterie? tout simplement ceux-là mêmes qui, selon une autre mode, s'efforçaient de réhabiliter Robespierre, Danton, Fouquier-Tinville, Carrier, Marat, etc., qu'ils prenaient pour ancêtres, pour patrons et pour modèles et d'excuser d'abord, puis ensuite et graduellement d'expliquer et de glorifier la Terreur, la guillotine permanente, les mitraillades de Lyon, et les noyades de Nantes.

On prêcha ouvertement et avec grand succès l'abolition de la peine de mort, — ce redevint une mode. — C'est alors que, après avoir étudié scrupuleusement la question, je n'hésitai pas à dire résolument mon avis dont j'étais alors presque seul.

« Abolissons la peine de mort, mais que messieurs les assassins commencent. »

Cette opinion ainsi formulée fut cependant

dans le temps acceptée tout d'abord par quelques-uns, puis par un plus grand nombre, *comme une solution logique, juste et nette de la question.* Mais, en même temps, elle m'attira des reproches, des attaques, des avanies, — dont je me trouvais suffisamment vengé en ne cachant pas aux agresseurs à quel point ça m'était égal.

Cependant un jour, comme une de ces attaques fut faite par un excellent garçon, ancien saint-simonien, presque un camarade, dans un journal très répandu, où j'avais moi-même précédemment écrit quelquefois, — il me prit envie d'y répondre, et c'est ce qui me fit écrire la brochure dont paraît aujourd'hui une réimpression.

Le venin de cette thèse absurde de l'abolition de la peine de mort s'est graduellement insinué dans les esprits, — le jury surtout a été infecté, — à ce point que l'anarchie la plus monstrueuse, la plus déplorable règne aujourd'hui dans l'administration de la justice, ce qui est le plus grand fléau qui puisse frapper une nation.

Les avocats plaident contre la loi, ce qui leur est interdit, au lieu de discuter son application, le ministère public et les présidents les laissent faire.

D'autre part la question posée aux jurés a l'énorme défaut d'être amphigourique.

Au lieu de leur demander : l'accusé a-t-il oui ou non commis tel ou tel délit, a-t-il tué ou empoisonné telle ou telle personne, brûlé telle ou telle maison? — On lui demande est-il « coupable d'avoir tué, incendié, empoisonné, etc., » — le juré, ému par les effets de mélodrame et de dentiste en plein vent joués par l'avocat, — dit : « Mais non, je ne trouve pas qu'il soit aussi coupable qu'on le dit. »

Par suite de quoi, — nous lisons tous les jours dans les journaux :

« L'assassin convaincu par d'irréfragables témoignages avouait son crime.

» Mais, grâce à l'éloquence de maître trois ou quatre étoiles, — le jury l'a déclaré non coupable ou a admis en sa faveur des circonstances atténuantes. »

Si bien, qu'il n'est pas, aujourd'hui plus que jamais, de crimes si épouvantables que vous puissiez imaginer qui attirent avec certitude le châtiment suprême sur la tête du criminel.

Ce qui, — amène à dire nécessairement et logiquement : si les avocats ont cette puissance, et les jurés cette faiblesse, il faut supprimer les avocats ou le jury, et peut-être les deux.

Et en effet, — le même et identique crime est condamné à Paris et acquitté à Bordeaux et *vice versâ*, — c'est devenu une chance, un jeu, — et Thémis ne sera bientôt plus qu'une croupière de ce tripot, que devient l'ex-sanctuaire des lois.

Dernièrement — l'audience où on a jugé madame Hugues a été une représentation de théâtre du boulevard, — avec le tumulte, la confusion, le bruit, les poussées, l'indécence des représentations gratuites, — des femmes s'asseyaient sur les genoux des avocats, — le président avait tant de monde derrière lui et sur son dos qu'il était courbé et penché pour prononcer le jugement.

Madame Hugues, qui pouvait par impossible se tromper, était si persuadée de son acquittement, que, avant l'audience, elle avait fait un paquet de ses hardes et cosmétiques pour les emporter de la prison.

Elle a dû à cette sécurité au moins une partie de l'aplomb qui lui a permis de jouer son rôle en artiste et de s'y faire applaudir.

Elle a non seulement avoué, mais affirmé qu'elle avait assassiné Morin, avec préméditation, et n'en avait aucun remords.

Le président ayant posé au jury les questions d'usage :

1° La femme Hugues a-t-elle assassiné Morin ?

2° L'a-t-elle assassiné avec préméditation ?

Le jury a répondu sur la première question :

1° L'accusée n'a pas tué Morin ; c'est un bruit qu'on a fait courir.

Et sur la seconde question, la préméditation :

2° Elle n'y a seulement pas pensé.

Le président prononce l'acquittement, et la salle applaudit.

Or la justice ne peut permettre qu'on l'applaudisse aujourd'hui sans permettre qu'on la siffle demain.

Qu'arrivera-t-il le jour où il y aura deux partis dans la salle ?

Ainsi se réalise encore une de mes pauvres petites phrases:

(*Guêpes* de 1839.) « Et un jour, notre code se composera d'une loi unique en un seul article :

« *Il n'y a plus rien.* »

On pourra s'étonner que dans cette brochure publiée pour la première fois en 1864, je ne parle pas du droit de grâce et de l'abus qui en est fait aujourd'hui et est venu mettre le comble à l'anarchie et au gâchis, — c'est que cet abus est une nouveauté.

Le roi Louis-Philippe usait largement du droit de grâce, — il en usa à l'égard de Meunier, un de ses neuf assassins, et, qui beaucoup plus est, à l'égard de Quenisset qui avait tiré sur son fils le duc d'Aumale, un coup de pistolet dont la balle tua le cheval du lieutenant-colonel Vaillant qui marchait à côté du jeune prince.

Pour les peines capitales, le roi se faisait remettre par le garde des sceaux l'exposé des faits de la cause, la délibération du jury, l'avis du président des assises, l'avis du procureur général, et celui même du ministre de la justice ; — il étudiait tous ces documents et souvent jusque dans la nuit, car il n'est pas arrivé une seule fois en dix-huit années qu'il ait fait attendre vingt-quatre heures un avis favorable à la grâce ; — quand Louis-Philippe, voulant faire grâce, trouvait dans le garde des sceaux une résistance persistante, il exigeait une discussion en conseil des ministres, et il ne cédait que devant une décision unanime, encore fallait-il qu'on l'eût convaincu.

Lorsqu'il fit grâce de la vie à Meunier, l'assassin restait condamné aux travaux forcés, — le roi dit à M. de Montalivet : « Ce malheureux a une sœur qu'il faisait vivre, faites en sorte que cette sœur ne souffre pas de son absence. »

Il appréciait ainsi ce beau droit de grâce : « Le droit de remettre ou de commuer les peines infligées par l'application des lois n'est dans mes mains qu'un dépôt sacré dont je ne dois faire usage que pour le bien de l'État, — le devoir de la clémence ne peut être limité que par un devoir d'ordre supérieur, mais il doit l'être. »

Ce n'est pas ainsi qu'entend le droit un des successeurs de Louis-Philippe, le vieil avocat Grévy; — il gracie tellement au hasard, — — qu'on a dit de lui qu'il jouait la grâce des condamnés au billard avec son gendre Wilson; ce qui, j'en suis convaincu, n'est pas vrai.

Mais ce qui est vrai, — c'est que habituellement, il fait attendre le condamné dans une cruelle agonie pendant une semaine, quelquefois pendant un mois, quelquefois davantage.

J.-J. Rousseau a dit du droit de grâce :

« Quant au droit de faire grâce ou d'exempter un coupable de la peine portée par la loi et prononcée par le juge, pour le souverain les cas d'en user sont très rares, —... les fréquentes grâces annoncent que bientôt les forfaits n'en auront plus besoin. — »

Montesquieu, que le dictionnaire Larousse — ce gros pamphlet rouge, — met si faussement au nombre des adversaires de la peine de mort, dit du droit de grâce :

« Quand la clémence a des dangers, on la distingue facilement de la faiblesse qui mènerait le prince au mépris et à l'impuissance même de punir. »

Bacon : « Si le roi ne pense qu'à la justice, il paraîtra trop sévère, s'il est toujours clément, il sera méprisé, — il doit être juste pour épouvanter les uns, clément pour consoler les autres.

Aux grands esprits qui sont cités dans la brochure comme ayant reconnu tristement la nécessité de la peine de mort, il serait facile d'en ajouter un grand nombre : Voltaire, Bacon, Thomas Morus, etc.

Il y a un grand désordre, un grand péril dans l'état actuel, — c'est ce qui me décide à faire réimprimer mon étude sur la peine de mort.

Quand le feu est à la maison, — il ne faut pas hésiter à se mettre à la chaîne sous prétexte que le seau d'eau que l'on jette est pourtant bien petit, — cet exemple peut encourager les autres à se joindre aux travailleurs.

ALPHONSE KARR.

Saint-Raphaël-sur-Mer (Maison Close).

MESSIEURS LES ASSASSINS

A M. LOUIS JOURDAN.

Septembre 1864. — Nice.

Quoique à peine convalescent, mon cher Jourdan, je ne veux pas retarder plus longtemps la réponse que je dois faire à l'article dans lequel vous m'avez mis en cause. Dans un billet de quelques lignes, dont j'avais demandé l'insertion, je réclamais du *Siècle* par votre intermédiaire, *partage égal du champ et du soleil.*

Me voici aujourd'hui *à la barrière*, dans la situation d'Ivanhoe qui s'avance, encore affaibli de ses blessures, contre le terrible templier; mais Rébecca est sur le bûcher; ce que je crois la vérité est menacé, il n'y a plus moyen de reculer.

Je veux commencer, mon sensible ami, par vous rassurer sur le chagrin dans lequel vous me croyez sans doute plongé à cause de la petite phrase de deux lignes que vous attaquez si éloquemment, et qu'une revue, deux jours auparavant, attaquait avec une égale vivacité :

« Notre ami Alphonse Karr A EU LE MALHEUR de mettre à la portée des partisans de la peine de mort une phrase *spirituelle* que l'on répète souvent : « Je veux bien abolir la peine de mort, » a dit CET AIMABLE ÉCRIVAIN, « mais que les assas-
» sins commencent. »

» C'est très-joli, mais c'est encore PLUS FAUX que *joli.* » (*Le Siècle.* — LOUIS JOURDAN.)

Je vous remercierai, en passant, d'avoir enfin donné une nouvelle forme au cliché un peu fatigué de *auteur des* GUÊPES, dont se servaient, depuis quinze ans, ceux qui voulaient poliment me refuser ce qui est l'objet de ma seule prétention : un bon sens que je dois à ceci, que, n'étant engagé dans aucune partie et ne pariant d'aucun côté, je ressemble à un homme qui, regardant jouer aux échecs, voit les fautes que commettent des joueurs dix fois plus habiles que lui.

Aimable écrivain et *jolie* pensée, — quand il s'agit de philosophie et de logique! — de même que « spirituel auteur des *Guêpes* », — cliché longtemps placé dans les casses d'imprimerie entre le W et le *etc.*, — équivalent à ces mots du dictionnaire féminin: *Une femme bien faite*, pour dire qu'une femme n'est pas jolie; *une bonne personne*, pour dire qu'elle est laide et bête.

Ayez de l'indulgence pour mes petites phrases; vous qui êtes venu me voir à Nice, vous savez la vie que j'y mène; vous connaissez le grand jardin que je cultive. Ce que je fais au bord de la mer bleue de Nice, je le faisais sur les plages de la mer verte d'Étretat et de Sainte-Adresse. Je suis rarement assis; je regarde, je me souviens, je pense beaucoup, je rêve davantage, mais j'écris peu : l'action physique d'écrire me fatigue et m'ennuie. C'est quelquefois après avoir pensé cinq ou six colonnes du *Siècle* que j'émonde, que je réduis, que je résume le tout en une ou deux lignes que, sans rentrer dans la maison, j'écris au crayon sur un bout de papier ayant servi à envelopper mes graines.

C'est en une ligne que j'ai livré au public le résultat de longues réflexions sur la propriété littéraire : *La propriété littéraire est une propriété*[1].

[1] A ce sujet, il m'arrive, depuis quelques années, que

C'est cependant cette autre pauvre petite phrase qui a été adoptée ; elle sera même la base de la loi qui va être présentée et, je l'espère, votée.

la question est mûre et un peu à la mode, quelque chose d'assez singulier.

Presque tous ceux qui ont fait sur cette question les nombreuses brochures qui ont paru, ont plus ou moins adopté mes conclusions, et m'ont adressé leurs brochures, à la première page desquelles j'ai lu d'abord avec orgueil une phrase flatteuse sur « le rare bon sens qui a trouvé la formule, » etc.

Mais mon orgueil s'est fort calmé en remarquant que, dans le cours de la brochure, dans la partie imprimée, il n'est nullement question, ni du *rare bon sens*, ni de *la formule, etc.* ; — on me salue en passant devant moi et en me repoussant du coude pour prendre ma place. Quelques-uns, cependant, admettent mon nom dans une liste de « gens qui se sont occupés de la question », — bien au milieu de la liste, — en retranchant le prénom que j'ai l'habitude d'y joindre, de façon que le nom, réduit à quatre lettres, n'est guère apparent. Un plus ingénieux a même réduit le nom à trois lettres, en retranchant une *r*, *Kar*.

La dernière que j'ai ainsi reçue, de douze ou quinze brochures, est celle de M. Frédéric Passy, qui a fait à Nice un cours d'économie politique fort suivi. — On lit, écrit à la main sur le premier feuillet : « A l'auteur de l'axiome : *La propriété littéraire est une propriété*. FRÉDÉRIC PASSY ; » mais, dans le volume imprimé, il n'est pas plus question de « l'auteur » que s'il n'avait jamais existé.

Il y a une vingtaine d'années, il y eut de longs débats à propos du pain et des boulangers. Dieu sait ce qui s'écrivit alors !

D'une part, on voulait que le pain de quatre livres, payé pour quatre livres, pesât quatre livres ;

D'autre part, les boulangers répondaient que la cuisson rendait le poids incertain.

L'autorité hésitait. A force d'y penser, je trouvai encore une toute petite phrase, qui trancha la question et fut adoptée :

On ne vendra plus de pains de quatre livres; on vendra quatre livres de pain.

Je me suis un peu mêlé à ce qui s'est passé de mon temps, plus par la pensée que par l'action ; et presque toutes mes opinions se sont produites sous la forme de ces petites phrases, qui, parfois, ont eu raison beaucoup plus que je ne le désirais.

Permettez-moi donc, mon cher Jourdan, de ne pas regretter ces petites phrases. Je ne peux pas, je ne sais pas peut-être développer avec ampleur, comme vous et quelques autres, mes pensées dans de longues colonnes; mais, quand elles sont bonnes, elles ne sont pas perdues et il se trouve toujours quelqu'un qui les ramasse, — les laisse reposer quelque temps, — un peu oublier même, — puis, un jour, les reproduit augmentées, développées, amplifiées, paraphrasées, délayées — et confisquées.

J'ai pensé six colonnes et j'ai écrit deux lignes; on reprend mes deux lignes et on en fait six colonnes. Mauvais métier pour moi, et si mauvais, que j'ai dû me faire jardinier.

Aujourd'hui, il me paraît évident que vous n'avez pas compris les deux lignes que vous me plaignez si amèrement d'avoir écrites. Je prends le parti de les développer pour arriver à cette conclusion :

Vous pensez absolument comme moi.

Causons.

Vous trouvez que tuer un homme est horrible ?

Moi aussi.

Que tuer un homme, même fût-il un grand coupable, c'est encore très-triste ?

C'est mon avis.

Que la guillotine est un objet hideux?

Je le pense comme vous.

Que l'office du bourreau et le bourreau lui-même sont sinistres et répugnants ?

Rien n'est plus juste.

Qu'il serait à désirer qu'on ne tuât plus personne, qu'on brûlât la guillotine et qu'on supprimât l'exécuteur des arrêts de la justice criminelle ?

Nul au monde ne le désire plus sincèrement et plus vivement que moi.

En un mot, qu'on supprimât la peine de mort?

Je vous défie d'y applaudir plus que moi.

Voilà pour la première moitié de la phrase que vous me trouvez si malheureux d'avoir écrite. Jusque-là, nous sommes d'accord ; disons donc ensemble :

Supprimons la peine de mort! Je le veux bien.

Nous allons développer la seconde moitié.

Quelle laide, repoussante et fétide chose que les égouts! Supprimons les égouts. Je le voudrais; mais que ferons-nous des ruisseaux?

C'est encore là une de mes petites phrases.

Quand on a fermé les cinq ou six maisons de jeu publiques, — qui ont été remplacées par cinq ou six cents tripots clandestins;

Quand on a obligé les courtisanes à s'habiller comme les honnêtes femmes, — ce qui a amené les femmes honnêtes à s'habiller comme les courtisanes;

Quand on a supprimé les *tours*, — ce qui a produit ce résultat : qu'on n'a plus, il est vrai, déposé d'enfants dans les tours, mais beaucoup dans les rivières et dans les étables à porcs;

J'ai dit alors, sans gâter beaucoup de papier:

Supprimons les égouts, — mais seulement quand nous aurons desséché les ruisseaux.

Vous avez donné vos RAISONS de supprimer la peine de mort;

Vous avez ensuite exprimé vos MOYENS.

Nous allons examiner ces raisons et ces moyens.

PREMIER RAISON

« L'échafaud est inutile. Le jour où on a guillotiné le médecin La Pommeraie, un assassinat était commis dans Paris. L'échafaud n'effraye pas les assassins.

Qu'en savez-vous? Vous savez qu'un homme n'a pas été arrêté par la crainte de l'échafaud et par l'exemple, que peut-être il ne connaissait pas!

Mais, si un homme, dix hommes ont subi cette crainte salutaire, vous le confieront-ils? vous diront-ils :

— Ah! mon bon monsieur Jourdan, j'étais tourmenté d'un âpre désir de tuer mon ennemi, ou d'assassiner un homme riche qu'on ne pouvait dépouiller autrement ; mais j'ai reculé devant la crainte de la mort.

Mais suivons votre idée :

La peine de mort n'empêche pas l'assassinat ; vous supprimez la peine de mort.

Que faites-vous des assassins ? Vous les mettez aux travaux forcés.

Pensez-vous que, si la crainte de la plus forte peine a été inefficace, la crainte d'une peine moindre serait plus puissante ?

D'ailleurs, l'épreuve est faite : sur dix assassins, huit échappent à la peine de mort par l'omnipotence du jury, et sont au bagne.

Donc, la peine des travaux forcés n'arrête pas les assassins.

Alors, supprimons les travaux forcés.

De même pour l'emprisonnement.

Et nous irons toujours, en abaissant la pénalité, jusqu'à ce que nous ayons trouvé une peine homœopathique, une peine à la 300e *dilu-*

tion, qui fasse ce que ni l'échafaud ni la prison n'ont pu faire.

Alors, la société avoue qu'elle renonce à protéger ses membres contre l'assassinat; elle rend à chaque individu la délégation qu'elle en a reçue; chacun rentre en possession de sa défense personnelle; de là nécessairement la *vendetta*, la loi de *Lynch*, les révolvers et le tomahawk.

Savez-vous le plus grand tort de votre argument? C'est qu'il serait excellent pour ceux qui voudraient rétablir les supplices et la torture, si heureusement et si justement supprimés.

« La peine de mort est impuissante, dirait-on logiquement; il ne faut donc pas diminuer, mais augmenter la pénalité. Ajoutons quelque chose à la peine de mort. »

Heureusement que votre argument ne vaut rien, absolument rien, parce qu'il se base sur une hypothèse réfutée d'un mot.

Quand vous dites : « La peine de mort n'arrête pas les assassins, » je vous réponds : *Vous n'en savez rien.*

Certes, la peine de mort n'arrête pas tous les assassins, de même que la médecine ne guérit pas toutes les maladies, et que les pompiers n'éteignent pas tous les incendies.

Mais je vais vous prouver qu'elle en arrête le plus grand nombre, après que je vous aurai, entre parenthèses, posé cette question :

(L'emprisonnement n'arrête pas tous les voleurs, — fermerons-nous les prisons ? — licencierons-nous les gendarmes? C'est aussi bien laid et bien sinistre, les prisons !)

Dans le crime, comme dans tous les actes humains, l'homme fait, souvent à *son insu*, un calcul de peines et de plaisirs, on ne veut rien payer trop cher ; tel jouera un an de sa liberté contre la chance de s'approprier cent francs, qui reculera s'il ne peut prendre que dix sous en encourant la même peine, ou s'il faut jouer deux ans de liberté contre les cent francs.

Il y a des voleurs qui ne volent jamais la nuit, *quoiqu'ils aient* plus de chances d'être surpris en volant le jour, mais parce qu'ils ne veulent risquer qu'une certaine peine.

Il y en a qui reculent devant l'effraction.

Les voleurs assassins forment une classe à part, une exception.

Pourquoi tous les voleurs n'assassinent-ils pas? Pensez-vous que ce soit par bonté?

Combien d'assassins avez-vous vus, devant la justice, ne pas lutter de toute leur puissance contre la peine de mort? Voyez-les, au contraire, faire plaider toutes les circonstances qui peuvent ne les faire condamner qu'aux travaux forcés; puis, condamnés à mort, combien en avez-vous vu repousser les chances de l'appel, et ensuite celles du recours en grâce, quelque invraisemblable et absurde que l'atrocité de leur crime rende le succès de ce recours? Voyez La Pommeraie.

Depuis quelques années, un crime nouveau

s'est manifesté plusieurs fois. Deux amants sont séparés par la volonté de leurs parents ou par la misère; l'homme surexcite la sensibilité de la femme :

— Mourons ensemble !

On fait un dernier repas, on écrit des adieux aux parents inexorables, et à la vie plus inexorable encore.

L'homme tue la femme d'une main ferme, puis recule quand il s'agit d'enfoncer dans sa propre peau le poignard qu'il a retiré du cœur de la malheureuse qui s'est donnée à lui.

Celui-là, certes, a peur de la mort. Généralement, le jury s'attendrit en sa faveur, admet des circonstances atténuantes, et l'envoie en prison.

Cependant, il est évident que, pour ces natures lâches, la crainte de l'échafaud serait salutaire, si les fréquents exemples d'indulgence ne la leur enlevaient.

Je viens d'assister au jugement d'une bête

féroce dont nous aurons à parler ultérieurement, parce que je ne me suis condamné à ce spectacle que pour étudier encore cette question, que j'avais à traiter.

Il avait tué de huit coups de poignard un jeune homme inoffensif, presque un enfant, pour les causes les plus futiles.

Jamais il n'a témoigné le moindre regret de son action.

Je l'ai vu manier les vêtements ensanglantés de sa victime pour discuter froidement le nombre et la force des coups.

Il a fait plaider qu'il est fou, que sa mère est morte folle, ce qui n'est pas vrai.

Pourquoi tout cela? Pour sauver sa tête et n'être condamné qu'aux travaux forcés.

Il a obtenu ce qu'il désirait, et alors cet homme, aussi vaniteux que féroce, qui avait dit plusieurs fois pendant l'instruction : « Un homme comme moi ne va pas au bagne, j'aime mieux la mort; » cet homme, membre d'une famille honorable, dit-on; ayant vécu dans la société; fonctionnaire public très-protégé; cet homme a accepté avec joie les travaux forcés; il n'a pas osé appeler du jugement qui l'y condamnait; il n'a pas voulu jouer une seconde fois sa tête contre son honneur.

Donc, par cet exemple et par deux cents autres, il est évident que la peine de mort est, quoi qu'en disent certains sophistes, ce que les criminels redoutent le plus; conséquemment, que la crainte de la peine de mort est la plus propre à les arrêter dans le crime.

Mais j'irai plus loin : elle les arrêterait plus efficacement, elle en arrêterait un plus grand nombre, si elle était plus certaine; et plutôt que de dire : « La peine de mort est inefficace, » il serait plus logique de dire : « Ce qui rend la peine de mort moins efficace, c'est l'exemple fréquent d'assassins qui obtiennent de la pitié du jury, ou de son parti pris de ne pas condamner à mort, l'admission de circonstances atténuantes... dans les cas où la raison est impuissante à les *trouver*. » En effet, en calculant les chances de leur crime, les assassins, au lieu de dire : « Contre la chance de prendre telle somme d'argent ou d'exercer telle vengeance, je joue ma tête, » disent : « Je joue trois chances contre dix de perdre la tête. »

Car n'est pas guillotiné qui veut : En 1840, j'ai constaté dans *les Guêpes*, sur des rapports de statistique officielle, qu'il y avait quatorze parricides dans les bagnes de France, — c'est-à-dire que quatorze hommes en France avaient pu tuer leur père ou leur mère, sans encourir pour cela la peine de mort.

J'ai vu au bagne de Brest le prêtre Lacollonge, qui avait coupé une femme en morceaux; — grâce aux circonstances atténuantes, on peut tuer son père, sa mère, son mari, sa femme, sa maîtresse, ses enfants...

Et vous ne trouvez pas que la peine de mort est assez abolie comme cela !

Ce n'est donc pas la peine de mort qui serait inefficace, mais la peine de mort rendue douteuse et aléatoire par la pitié préméditée du jury pour les assassins.

Et où prennent-ils cette pitié? Sur le fonds de celle qu'ils devraient avoir pour les victimes.

DEUXIÈME RAISON

Voici encore un autre argument que je coupe avec des ciseaux tout imprimé dans un journal. Vous en êtes-vous servi vous-même, mon cher Jourdan? Je l'ignore; mais il est fort répété :

La société a-t-elle le droit d'ôter la vie à un homme, parce que cet homme s'est arrogé le droit, lui, de la retirer à un de ses semblables? La société ne fait-elle pas alors ce qu'elle reproche au criminel d'avoir fait?

Il y a, ce me semble, une certaine nuance dont les auteurs de l'argument ne tiennent pas assez de compte : La société tue un homme parce qu'il en a tué un, et aussi pour l'empêcher d'en tuer d'autres, et aussi pour faire savoir à ceux qui seraient tentés de l'imiter qu'ils jouent leur tête, et aussi pour rassurer la société justement alarmée.

L'assassin a tué un homme, parce qu'il avait une montre.

Ce n'est cependant pas tout à fait la même chose, et il n'est pas exact de dire : « La société fait ce qu'elle reproche au criminel d'avoir fait. »

La société n'a pas le droit de tuer, dit-on, et on s'arrête, et on promène autour de soi un regard triomphant, comme si l'on venait de dire quelque chose.

L'homme attaqué par un assassin a-t-il le droit de se défendre, et de tuer celui qui attente à sa vie, ou doit-il tendre la gorge au couteau?

C'est ce droit de se défendre que l'individu transmet à la société, et il le transmet diminué de tout ce que la passion, la colère, l'intérêt personnel, pourraient y ajouter d'arbitraire.

Remontons à la formation de toute société.

Supposez vingt personnes, après un naufrage, abordant dans une île déserte et se résignant à y rester.

Avant peu, les plus forts, les plus audacieux, les plus méchants, s'empareraient, au détriment des autres, de toutes les épaves que le navire brisé a pu jeter à la côte, et du produit de la chasse des autres, et deviendraient les maîtres, les tyrans.

Il se ferait alors une association des plus faibles, mais des plus nombreux, pour la défense commune, et ce serait une guerre continuelle et une existence misérable.

Que fait-on?

Avant qu'on ait éprouvé quels sont les plus forts, avant que la faiblesse et l'impunité aient encouragé les plus méchants, tout le monde a peur de l'injustice et de l'oppression.

On convient que, si l'un des membres de cette société veut s'emparer de la part d'un autre, le frapper ou le tuer, tous les autres se réuniront contre lui, et alors, avec le calme et le sang-froid que donne la sécurité de la force, infligeront des peines proportionnées à la fois au délit commis contre l'individu et au danger qui menace la société.

Parmi ces vingt qui font cette loi, il y en a un ou deux, sans doute, qui, plus tard, essayeront de dépouiller un de leurs compagnons, et le tueront s'il résiste.

Mais, au moment de la convention, n'étant entraînés, ni par la paresse, ni par le besoin, ni par la férocité naturelle, ni par la colère, ni par l'impunité, ils ne songent qu'à se garantir eux-mêmes de l'oppression des autres, — tous pensent faire un pacte avantageux.

Eh bien, qu'une société se compose de vingt hommes ou de quarante millions d'hommes, — c'est pour être protégé contre l'assassinat que chacun consent à être tué s'il assassine lui-même.

L'assassin qui est tué par la loi a volontairement mis sa tête au jeu, il a calculé toutes les chances, et il lui a plu de les affronter. Mais, en même temps qu'il a mis volontairement sa vie au jeu, il a également, par sa même volonté, mis au jeu la vie d'un autre qui n'y a pas consenti, qui n'est pas averti de la partie engagée, qui s'est volontairement désarmé par respect pour le pacte social, qui n'a rien à gagner et ne peut que perdre.

Je ne répondrai rien de plus à ceux qui veulent voir une similitude entre l'action de l'assassin et l'action de la société qui tue l'assassin.

Il y a plusieurs raisons de la délégation que l'individu fait à la société du droit de se défendre lui-même. — La première, que j'ai indiquée, est d'ôter à ce droit les dangers de l'arbitraire ; l'individu, sous l'empire de la peur ou de la colère, peut se croire en danger plus qu'il ne l'est et plus tôt qu'il ne l'est, et mettre dans sa défense un entraînement de vengeance.

La société ne considère la vengeance de l'individu tué que comme une des moindres raisons de tuer à son tour ; elle protége ceux que l'assassin impuni pourrait rendre à leur tour victimes de sa férocité ou de son avidité ; elle épouvante ceux qui voudraient suivre son exemple, par la sûreté et l'inévitabilité de la peine ; car l'individu, réduit à sa propre défense, laisse à l'assassin de nombreuses chances d'échapper, *si celui-ci est plus fort que sa victime,* s'*il court mieux qu'elle*, dans le cas où, ayant manqué son coup, il a à craindre les représailles.

Mais il ne peut espérer être plus fort que la société. Il ne courra pas mieux que la société.

Les chances d'être victime lui-même de son crime sont donc augmentées, pour le criminel, par la délégation faite à la société par l'individu de son droit de défense et de représailles, et ces chances augmentées, entrant nécessairement dans son calcul, sont plus puissantes à le détourner du crime.

En même temps sont augmentées la puissance de l'exemple pour ceux qui sont sur le chemin du crime, la sécurité pour ceux qui peuvent craindre d'en être les victimes, et néanmoins de plus grandes garanties sont données, même à l'assassin, qu'il sera jugé sans haine, sans colère et de sang-froid.

TROISIÈME RAISON

On a aboli les tortures, le bûcher, la roue, les supplices de tout genre. On a supprimé successivement la peine de mort pour sacrilége, pour blasphème, pour chasse sur les terres du seigneur, pour fausse monnaie, pour vol de grand chemin, pour vol domestique, etc., et on a bien fait, parce que la peine de mort n'était pas indispensable pour l'exemple.

On l'a supprimée pour cause politique, et on a bien fait, parce que, en politique, ce sont les vaincus qui sont jugés par des ennemis vainqueurs ; c'est une continuation du combat, avec cette nuance que le combat a lieu entre des ennemis armés et des ennemis désarmés.

On a aboli la peine de mort pour l'assassinat quand la préméditation n'est pas établie.

On l'a abolie toutes les fois que, soit dans les détails du crime, soit dans le repentir, soit dans les entrainements de l'accusé, les jurés trouvent des circonstances atténuantes. On l'a abolie même quand ils ne trouvent de raison de faire grâce que dans leur pitié ou dans leur pusillanimité.

On l'a tellement abolie, qu'il n'y a pas un crime, tel hideux soit-il, pour lequel la peine capitale soit assurée [1].

[1] « Il y a quelques jours, Jean-Baptiste Perrin et sa sœur comparaissaient devant la cour d'assises des Ardennes.

» Perrin a fait succomber, après de longues luttes, ses deux sœurs à des projets incestueux. — La première s'est réfugiée dans un couvent, — la seconde est devenue grosse.

» Un enfant nait; — Perrin le coupe en morceaux et le fait bouillir dans une marmite. — Le lendemain, il force

Et vous dites : « C'est pour cela qu'il faut la supprimer. »

Vraiment vos arguments sont singulièrement choisis ! J'ai, je crois, démontré que le premier

sa sœur à le désosser et à en faire une pâtée pour les pourceaux.

» Léonie Perrin a été déclarée non coupable, Perrin coupable avec *circonstances atténuantes.* »

(*La Presse*, 1er août 1864.)

Les morceaux étaient si petits !

« Trois accusés comparaissent devant la cour de Colmar. Le crime dont ils avaient à répondre était le parricide ; ce parricide, longuement prémédité, avait été accompli avec une barbarie révoltante. Le fils, assisté d'un complice, avait noyé sa mère dans du purin d'étable. — La bru était également accusée, et elle a été convaincue de complicité. Les faits étaient acquis, et la cause, considérée en elle-même, loin de comporter des circonstances atténuantes, n'en comportait que d'aggravantes. Le jury a rapporté une déclaration de *circonstances atténuantes* au bénéfice des trois accusés. Le fils parricide et sa femme ont été, en conséquence, condamnés aux travaux forcés à perpétuité, et leur complice à vingt années de la même peine. »

(*Le Temps*, mai 1864.)

Et le journal dit :

« La peine de mort vient de subir, devant une de nos cours d'assises, un échec des plus graves. »

Qu'il me permette d'ajouter :

« Et le parricide de recevoir un puissant encouragement. »

mènerait logiquement à rétablir les supplices, et en voici un qui peut encore s'invoquer victorieusement contre vous. C'est précisément parce qu'on a réduit la peine de mort aux nécessités de l'exemple seul, c'est-à-dire qu'on en a retranché tout ce qui pouvait l'aggraver par les souffrances; c'est parce qu'on en a borné l'application à un très-petit nombre de cas et pour des crimes horribles, pour aucun desquels cependant elle n'est certaine; c'est précisément pour cela qu'il n'y pas lieu d'en demander la suppression.

Désirer cette suppression, c'est une autre affaire! Je le répète, je ne permets à personne de dire qu'il la désire plus que moi.

Autrefois, les prisons étaient de hideux cloaques, fétides, empoisonnés; on y mourait de faim.

On les a assainies; on a assuré la nourriture des prisonniers; on n'a laissé à la prison, ce qui est certainement bien assez, que l'horreur même de la prison.

En raisonnant sur les prisons comme vous raisonnez sur l'échafaud, ce serait une raison de détruire les prisons.

QUATRIÈME RAISON

Reste une objection, une objection puissante, celle-là, contre la peine de mort : « Une erreur de la justice est irréparable, » et vous citez Calas et Lesurques.

Eh bien, je maintiens qu'aujourd'hui, avec le bienfait, le progrès du jury, Calas et Lesurques n'auraient aucune chance d'être condamnés à mort et beaucoup de chances d'être complétement acquittés [1].

[1] J'ai entendu donner comme preuve de l'inefficacité de la peine de mort les trente mille spectateurs — dont la moitié femmes et enfants — qu'assemblent ces sanglantes tragédies qu'on appelle exécutions.

Ce serait de l'absence de spectateurs qu'il faudrait déduire l'inefficacité du spectacle, et les journaux le savent bien, puisque, tout en blâmant cette affluence, ils ont grand soin de faire chaque fois le feuilleton de la représentation de la veille.

D'ailleurs, que ne demandez-vous, comme progrès, des

Voilà, je crois, toutes vos raisons, voyons vos moyens...

LES MOYENS

Un seul, — l'éducation.

« L'instruction gratuite et obligatoire, non pas seulement l'instruction qui apprend à lire,

modifications dans le mode d'exécution des condamnés? Les moyens mécaniques employés aujourd'hui sont déjà moins barbares et moins répugnants que le bras plus ou moins incertain d'un homme en usage autrefois.

Trouvez quelque chose qui remplace et supprime le bourreau.

Bentham conseille de le rendre invisible au moyen d'un masque et d'un long crêpe.

Ne suffirait-il pas que le peuple vît le condamné entrer dans une sorte de chapelle, où des témoins désignés par la loi assisteraient seuls à l'exécution, qu'un coup de canon et un glas funèbre annonceraient au dehors?

L'effusion du sang est-elle nécessaire? Craint-on, contre toute vraisemblance, que les souffrances des guillotinés ne se prolongent, ainsi que l'ont prétendu quelques anatomistes, entre autres le père d'Eugène Sue?

Ne pourrait-on pas donner le choix aux condamnés entre le couperet et quelques gouttes d'acide hydrocyanique qui l'endormiraient subitement dans la mort? Car la société ne se venge pas; elle se résigne à s'amputer un membre gangrené, et elle s'y résigne avec tristesse et pour sauver le corps.

à écrire et à compter, mais l'instruction qui élève et moralise les âmes en leur apprenant à aimer Dieu et le prochain, le droit et la liberté, en leur apprenant surtout à placer les joies et les satisfactions de la conscience au-dessus des biens matériels. »

Permettez-moi de vous dire d'abord, mon cher Jourdan, que vous confondez l'instruction et l'éducation. L'instruction ne doit être, ne peut être gratuite et obligatoire qu'en la renfermant dans la lecture, l'écriture, l'arithmétique et un peu de dessin linéaire. Vous pouvez exiger d'un père qu'il fasse donner à ses enfants cette instruction, sans laquelle on est relativement infirme, sans laquelle on appartient à une classe, je dirai plus, à une espèce inférieure, — comme vous exigez qu'il les nourrisse.

Le reste, « l'éducation », sera toujours facultatif; cependant, multipliez l'eau de ces fontaines de science et de morale, prenez l'eau de ces fontaines aux sources les plus pures.

amenez la vie matérielle à être facile assez pour que quelques loisirs permettent aux classes pauvres de se désaltérer à ces fontaines publiques.

Hâtez-vous! allez à l'ignorance comme on va à un incendie; vous aurez rendu de grands services à la société; vous aurez détourné un grand nombre de crimes.

Mais, si vous pensez que ce sera suffisant, si vous pensez que les crimes qui, aujourd'hui, mènent quelques fois à l'échafaud, seront supprimés, que vous fait alors l'échafaud? Et vous voilà fatalement arrivé à prononcer, comme moi et avec moi, la seconde moitié de ma pauvre petite phrase.

Car ce sera long, ce que vous avez la *bonne* intention de faire, attendu que ce n'est pas commencé, et qu'en ce moment la société marche précisément en sens contraire; vous ne prétendez certainement pas laisser jusque-là, c'est-à-dire pendant plusieurs générations, la carrière libre à l'assassinat.

Donc, vous voulez d'abord supprimer par l'éducation les crimes qui mènent quelques-uns à l'échafaud, pour pouvoir supprimer l'échafaud, qui alors n'aurait pas besoin d'être supprimé.

Nous sommes d'accord ; il n'y aura plus d'assassins ; donc, plus d'échafaud ! donc, disons ensemble, car c'est notre avis commun :

« Supprimons la peine de mort, mais que les assassins commencent. »

Ce n'est pas si faux que vous le disiez, et la preuve, c'est que vous le pensez comme moi.

Mais ce n'est pas tout, hélas ! Tous les crimes hideux, horribles, dont quelques-uns seulement de temps à autre mènent à l'échafaud, ne peuvent être attribués à l'ignorance.

Je vais vous citer à ce sujet, pêle-mêle, au hasard de ma mémoire, quelques-uns des assassinats qui de notre temps ont effrayé la société.

Le docteur Castaing, — Lacenaire, — les Bocarmé, — madame Lafarge, — les dames de Chamblas, — le frère Léotade, — le duc de

Praslin, — Fieschi, — Morey, — Pépin, — le prêtre Molitor, — le curé Lacollonge, — le parricide Benoit, — le notaire Peytel, — Hélène Jegado, qui a empoisonné quarante-deux personnes en dix ans ; — Doineau, — Mercey, — le prêtre Verger, — madame Lemoigne, — et enfin, ces jours-ci, P***, fonctionnaire public, — et le docteur La Pommeraie.

Tous ceux-là n'ont pas commis leurs crimes par défaut d'instruction ou d'éducation.

J'irai plus loin : j'ai demandé comme vous, et il y a longtemps, que l'instruction fût donnée aux enfants par leurs parents aussi obligatoirement que le pain.

J'ai demandé comme vous qu'elle fût gratuite, c'est-à-dire plus facile que le pain.

Mais je l'ai demandé et je le demande plus encore au point de vue de l'égalité qu'avec l'espoir de la moralisation, du moins pour le plus grand nombre, tout en reconnaissant que l'égalité, supprimant beaucoup des causes de la misère, de l'envie et de la haine, doit supprimer aussi beaucoup de causes de crimes.

P*** était fonctionnaire public dans son pays, en Corse, lorsqu'il fut pour la première fois traduit devant la cour d'assises. Il était accusé de tentative de meurtre avec préméditation sur la personne du mari de sa sœur.

Il expliqua aux jurés que, sortant par hasard de sa maison, à quatre heures du matin, au mois de décembre, au moment où, par hasard, son beau-frère quittait la maison commune, ce que lui, P***, avait tout fait pour empêcher, il aurait pris par hasard un fusil comme il aurait pris une canne ou un parapluie; par un hasard malheureux, ce fusil se trouva être chargé, et un autre hasard également fâcheux fit partir ce fusil. A ce moment, par hasard, le beau-frère de P*** passait à quelques pas, et le coup, par hasard, l'atteignit en pleine poitrine. Le blessé est resté paralysé d'un côté. Le jury plaignit P*** de cette succession, de cette réunion de hasards qui auraient pu le compromettre, d'autant plus que des témoins avaient entendu P*** dire ce mot :

« Attrape ! »

Les jurés l'acquittèrent.

Qu'eussent-ils pensé alors si quelqu'un s'était levé et leur avait dit :

— Vous venez d'acquitter P*** ! Eh bien, à Nice, dans une honnête famille, il est en ce moment un jeune homme appelé Ardouin, doux, laborieux, honnête, l'amour et l'espérance de son vieux père et de ses jeunes sœurs. En acquittant P***, *par le même verdict* VOUS CONDAMNEZ ARDOUIN A MORT. *Par le même verdict*, vous condamnez son vieux père à devenir fou de douleur.

En effet, P***, acquitté, dut cependant quitter ses fonctions, après avoir passé quelques mois en prison pour avoir frappé à coups de bâton un vieillard sans armes. Mais il ne tarda pas à accepter au Villars, à quelque distance de Nice, une place plus avantageuse que celle qu'il avait perdue.

Arrivé au Villars, le site lui déplut. Il alla voir le receveur particulier des finances, et le menaça de donner sa démission. Le receveur obtint, à force d'instances, que cette démission ne serait que conditionnelle, et promit de ne rien négliger pour lui faire offrir une situation plus selon ses goûts, ce qui eut lieu peu de temps après.

En attendant, et tout en exprimant des doutes timides sur sa capacité, on lui donna un adjoint : c'était un jeune homme généralement aimé et estimé, esclave du devoir et d'une excessive douceur de caractère. P*** ne voulait lui donner que cinquante francs par mois; on le contraignit à en donner cent cinquante.

A ce premier grief, il s'en joignit un second. Un jour, le receveur particulier écrivit à P*** pour lui faire l'éloge de son adjoint, auquel il l'engageait à donner plus de latitude.

Ce même jour, le jeune homme fut trouvé percé de huit coups de poignard : deux blessures avaient traversé le cœur; le poignard, au dernier coup, s'était brisé dans les vertèbres.

P*** donna alors une seconde édition de la plaidoierie qui lui avait si bien réussi. Il alla se dénoncer lui-même, comme il avait fait à Ajaccio; puis raconta que, demandant une clef à Ardouin, celui-ci avait répondu qu'il la lui donnerait un peu plus tard. Alors, naturellement sans le faire exprès, P*** avait saisi un poignard, et Ardouin, furieux, avait eu la méchanceté de donner huit coups de son corps contre ce poignard, pour compromettre P***.

Cette fois encore, le procédé réussit, mais cependant n'obtint qu'un demi-succès. Le jury niçois déclara P*** coupable d'assassinat, de meurtre avec préméditation sur la personne d'Ardouin, mais il admit en sa faveur des circonstances atténuantes.

Ces circonstances n'étaient pas dans le repentir de l'assassin, qui n'exprima pas un seul regret; ni dans l'instruction, ni dans le cour des débats.

Elles n'étaient pas dans ses antécédents, qui n'offrent que des actes nombreux de violence et de férocité.

On ne peut les expliquer que par la résolution de ne pas condamner à mort.

On comprend l'impression des jurés. Ils voient devant eux un homme plein de vie. S'ils prononcent une syllabe au lieu d'une autre, cet homme sera tué. Ils ont lu des phrases contre la peine de mort; cette image présente efface celle plus éloignée de la victime que cet homme a tuée, lui, de sa propre main. Ils admettent les circonstances atténuantes.

> *Segniùs irritant animos demissa per aures*
> *Quàm quæ sunt oculis subjecta fidelibus...*

Voilà P*** aux travaux forcés à perpétuité.

Qu'est-ce que cette perpétuité?

Contrafatto, Lacollonge et d'autres condamnés à perpétuité sont-ils morts au bagne?

Ne rencontre-t-on pas, se promenant à Nice même, un autre condamné à perpétuité?

Contre la perpétuité, il y a des chances d'évasion pour les plus hardis, les plus dangereux des condamnés; il y a la protection et la faveur pour d'autres.

Que P*** — qui, selon M. le président des assises et M. l'avocat général, a été sans cesse *l'objet d'une protection et d'une faveur scandaleuses*, — s'échappe ou soit gracié, croyez-vous qu'il y ait sécurité pour les témoins qui ont déposé contre lui?

Croyez-vous qu'à l'annonce de cette grâce ou de cette évasion, moi qui écris ces lignes, je ne me mettrais pas en mesure de lui casser la tête, le cas échéant?

Le verdict d'Ajaccio — qui a épargné P*** [1]

[1] J'ai cru devoir, dans ce volume, remplacer par des astérisques un nom que j'avais écrit en entier dans le journal; le journal de chaque jour, effacé par celui du lendemain, disparaît avec la circonstance; le livre a la prétention de lui survivre plus ou moins.

Le nom d'un criminel appartient à toute une famille dont on doit se garder d'aggraver le malheur.

Je dirai cependant que la solidarité de la famille, portée

— a tué *Ardouin*. Désirons que le verdict de Nice ne fasse pas tomber sur un innocent de plus la mort qu'il a détournée de l'assassin.

Vous voulez supprimer la peine de mort, dites-vous?

Elle n'existe déjà qu'exceptionnellement pour quelques-uns des assassins et des parricides. Mais elle subsiste, elle subsistera pour ceux qui laisseront voir une chaine de montre, pour ceux qui passeront pour avoir de vieux louis enfouis chez eux, pour la pauvre fille qui refusera d'épouser un mauvais sujet auquel elle aura inspiré une fantaisie, pour ceux qui se trouveront, involontairement peut-être, un obstacle

à l'excès autrefois, est descendue trop bas aujourd'hui.

Elle semble, de ce temps-ci, ne plus exister que dans les cas où la famille *croit pouvoir revendiquer* sa part de la gloire de quelqu'un des siens. — Il n'est pas peut-être tout à fait juste, cependant, de conserver les bénéfices en renonçant aux charges.

La famille solidaire avait des droits respectables et un intérêt puissant pour surveiller chacun de ses membres, dont les fautes et les crimes pouvaient porter atteinte à un honneur alors commun à tous.

à l'avidité, à la vanité, à l'ambition de certaines natures implacables et féroces, encouragées par les chances d'impunité que donne aux assassins le parti pris d'un grand nombre de jurés.

LA PEINE DE MORT N'EXISTERA PLUS POUR LES CRIMINELS, ELLE SERA RÉSERVÉE EXCLUSIVEMENT AUX INNOCENTS.

QUELQUES CITATIONS

On a cité beaucoup César Beccaria dans les écrits pour l'abolition de la peine de mort.

Je vais me permettre à mon tour quelques citations prises dans divers auteurs non suspects de cruauté, avant de parler de Beccaria :

« Si la peine pour le vol simple est la même que pour le vol et l'assassinat, vous donnerez aux voleurs un motif d'assassiner, parce que ce dernier crime ajoute à la facilité et à la sûreté du crime. »

BENTHAM.

La prétendue illégitimité de la peine de mort est une raison empruntée d'un faux *principe*. »

BENTHAM.

« La peine de mort est exemplaire, elle l'est plus que toute autre. »

BENTHAM.

« En Angleterre, on assassine rarement, parce que les voleurs ont l'espérance d'être transportés dans une colonie, et non pas les assassins. »

MONTESQUIEU.

« En Chine, les voleurs cruels sont coupés en morceaux, cela fait qu'on y vole, mais que l'on n'y assassine pas »

MONTESQUIEU.

« En Moscovie, où la peine des voleurs et celle des assassins est la même, on assassine toujours... — *Les morts*, disent-ils, *ne racontent rien*. »

MONTESQUIEU.

« C'est pour n'être pas la victime d'un assassin que, dans la loi sociale, on consent à mourir si on le devient : dans ce traité, on ne songe qu'à garantir sa vie. — .... Tout malfaiteur devient rebelle et traître à la patrie... Il lui fait la guerre ; — alors, la conservation de l'État est incompatible avec la sienne, il faut qu'un des deux périsse. »

J.-J. ROUSSEAU.

« C'est une clémence que de faire d'abord des

exemples qui arrêtent le cours de l'iniquité ; par un peu de sang répandu à propos, on en épargne beaucoup pour la suite. »

FÉNELON.

Remarquez que Beccaria, que l'on cite seul d'ordinaire, s'élève principalement contre les supplices cruels, et que, de son temps comme de celui de Bentham, qui ne se décide pour la peine de mort qu'avec des restrictions, la peine de mort, appliquée dans un grand nombre de cas où elle ne l'est plus aujourd'hui, était précédée de tortures et accompagnée de cruautés si ingénieuses, si horribles, — qu'on se demande, quand on en lit les affreux détails, si les magistrats qui les ordonnaient, et qui y assistaient, n'étaient pas plus criminels que ceux qu'ils étaient censés punir.

Bentham, à coup sûr, Beccaria, plus que probablement, se seraient contentés des restrictions apportées de ce temps-ci à la peine de mort.

Accusez-vous Bentham, Montesquieu, Rousseau, Fénelon, de cruauté?

Je m'arrête un moment ici, effrayé de la longueur de cette réponse. C'est votre faute aussi, pourquoi m'avez-vous dérangé de mes petites phrases? Tout ce que je viens d'écrire n'est qu'une très-faible partie de ce que j'avais roulé dans ma tête avant d'écrire mes deux lignes, et tout cela, je l'avais épargné aux lecteurs; au point où j'en suis, si je devais développer tout ce qui m'a amené à cette conclusion, je ne serais pas à moitié de ma plaidoirie; mais je vais abréger.

Je n'ai plus que deux points à traiter, et je les traiterai sommairement.

En parlant de supprimer la peine de mort, — pensez-vous aux conquérants, aux héros, aux moissonneurs de lauriers, aux cueilleurs de palmes, à ceux à qui les poëtes crient :

> Prends ta *foudre*, Louis, et va *comme un lion*!

Pensez-vous à la guerre?

Savez-vous combien de Français ont été tués

dans les guerres depuis le commencement du siècle?

Cinq millions! disent les statistiques.

Cela suppose au moins également cinq millions d'*ennemis*, c'est-à-dire de pauvres laboureurs aussi innocents, aussi utiles à leur famille, mais nés de l'autre côté de tel fleuve ou de telle montagne que le plus fort de deux États déclare être ses frontières naturelles.

Combien pensez-vous qu'il y ait eu, en 1863, d'ouvriers tués dans les travaux publics et particuliers? maçons, couvreurs, charpentiers, terrassiers, mécaniciens, etc.? Plusieurs centaines, n'est-ce pas?

Combien sont morts dans les hôpitaux, épuisés par la fatigue et les privations, par la nourriture insuffisante, à cause de la vente à faux poids et empoisonnés par la sophistication [1].

[1] J'ai fait un jour, dans *les Guêpes*, le tableau comparatif, en chiffres officiels, de ce que les principales denrées coûtent au riche qui achète en gros et comptant, et au pauvre qui achète en détail et à crédit, et j'ai traduit et

Ajoutez-en quatre qui, arrêtés pour des causes futiles, se sont pendus dans les *violons*, parce que, depuis quinze ans, je ne puis obtenir que ces *dépôts* soient séparés des corps de garde par une grille, au lieu de l'être par un mur, etc., etc., etc.

Et combien, dans cette même année 1863, est-il mort d'assassins frappés par la justice?

Onze.

De sorte que, de tout ce qui précède, et d'autres exemples qu'il serait bien facile de multiplier, il ressort que :

La profession d'assassin, dont les mauvaises chances excitent si fort votre sympathie, *est la moins dangereuse et la moins insalubre de toutes les professions connues* [1].

résumé ces chiffres irréfutables par cette petite phrase : *Il n'y a pas beaucoup de riches qui auraient le moyen d'être pauvres.*

[1] Pour suppléer les détails statistiques qui me manquent ici, je suis obligé de recourir à un calcul approximatif, pour mettre en regard de ces onze assassins que vous avez eu la douleur de perdre en 1863, le nombre des

OIDIUM JUSTICIÆ

Mais — et c'est mon dernier point à traiter — savez-vous le grand mal qui travaille la justice, l'*oïdium justiciæ*?

Je vais vous le dire.

Et ici, je ne m'adresse pas seulement aux jurés, mais à toute la hiérarchie judiciaire.

C'est que chacun, entraîné par l'orgueil et par l'absence de principes, se permet d'ajouter ou de retrancher au rôle social dont il est chargé, de rompre quelques chaînons à la chaîne de la

victimes de l'assassinat. Avec les circonstances atténuantes, je ne risque que de rester au-dessous de la vérité, en supposant que trente assassins soient acquittés, soient sauvés de la mort par lesdites circonstances atténuantes.

Ajoutons — ce qui est probablement bien minime — quatre meurtres dont les auteurs sont restés inconnus et sur lesquels *la justice informe*.

En ne tenant aucun compte de crimes qui n'ont pas laissé de traces ou ne sont pas venus à la connaissance du ministère public; en supposant que chaque meurtrier n'ait tué qu'une personne, nous arrivons, avec les victimes des onze condamnés que vous avez perdus, au nombre de quarante-cinq.

loi, et de substituer ses impressions ou des impressions reçues d'ailleurs à la volonté du législateur.

De là, une incertitude perpétuelle dans l'application de la loi.

Et un encouragement incessant pour les malfaiteurs.

Sous le règne du roi Louis-Philippe, règne sous lequel la France a amassé presque tout ce qu'elle dépense aujourd'hui, il arriva à M. Dupin, alors, si je ne me trompe, président de la Chambre des députés, de pérorer sur l'Algérie et de comparer le maréchal Clausel (peut-être n'était-il alors que général) au Romain Calpurnius.

M. Clausel se fâcha et arriva à Paris, où il fit, par deux amis, demander très-sévèrement au moins des explications à M. Dupin.

Les amis de M. Dupin répondirent que, si les avocats devaient se battre pour chaque parole offensante qui leur échappe, l'espèce diminuerait promptement et finirait par s'éteindre; — que l'on voyait tous les jours les avocats, soit entre eux, soit avec le ministère public, échanger les qualifications et les insinuations les plus outrageantes sans qu'un seul se soit avisé de demander d'autre réparation que le droit de représailles; — que la robe met les avocats, comme les prêtres et les femmes, à l'abri de ces rudes façons, bonnes pour des militaires et des bourgeois, etc.

Les amis de M. Clausel se montrant peu touchés de ses raisons, ceux de M. Dupin firent remarquer alors dans l'histoire romaine deux Calpurnius.

S'il y a eu, en effet, 110 ans avant J.-C., un Calpurnius (Bestia), qui, consul en Afrique fut accusé de s'être laissé corrompre par Jugurtha et d'avoir fait un traité honteux pour la République;

Il y eut un autre Calpurnius (Flamma), qui, en Sicile, 258 ans avant l'ère chrétienne, se dévoua avec trois cents hommes pour sauver l'armée romaine, et ne survécut que par miracle;

Que M. Clausel n'était pas fondé à réclamer une allusion à Bestia, quand lui, M. Dupin, n'avait entendu parler que de Flamma.

L'affaire fut ainsi arrangée.

Mais on comprend quelle rude épreuve ce fut pour un légiste comme M. Dupin, qui se disait que, sans sa résolution et sa force d âme, et sans l'existence de deux Calpurnius, il eût été peut-être exposé à se battre en duel et à enfreindre les lois de son pays.

Mais, interrompant sa phrase, M. Dupin se demanda :

— Et quelles lois de mon pays aurais-je été exposé à enfreindre?

Il se trouva qu'il n'y avait pas de lois qui se fussent trouvées enfreintes.

Depuis ce temps, M. Dupin tortura les textes, influença certaines décisions, certaines interprétations, par suite desquelles le duel se trouvait assimilé à l'homicide avec préméditation.

A cette interprétation, il était facile de répondre :

— Oui, mais l'accusé a agi à son corps défendant, car il avait en face de lui quelqu'un qui voulait le tuer.

Néanmoins, on arriva au résultat que voici, résultat qui dépasse la somme de bouffonnerie qui sied à la loi et à la justice :

Quand, dans un duel, *on a blessé son adversaire*, on est traduit en police correctionnelle, sous l'inculpation de coups et blessures, et on est condamné à la prison, à l'amende, etc., etc.

Mais, si on l'a tué, on est traduit devant la cour d'assises et en butte à une accusation capitale, laquelle est toujours suivie d'un acquittement, attendu que la gent gauloise est toujours la gent porte-épée ; attendu surtout que la peine serait en disproportion monstrueuse avec le délit. En effet, le jury, suivant l'accusation sur ce terrain de fantaisie, déclare inévitablement l'accusé non coupable, de telle sorte qu'*on peut im-*

punément tuer son adversaire, mais qu'*on est puni sévèrement de le blesser.*

Le ministère public alors ne se tient pas pour battu, — et on fait intervenir la partie civile, — de telle façon qu'on obtient un verdict du jury accompagné d'un arrêt qui l'annule, car en voici le résumé :

« Un tel n'est pas coupable d'avoir tué son adversaire*; en réparation de quoi*, il payera des dommages-intérêts plus ou moins ruineux. »

Un exemple récent, pris en dehors du duel.

Dans l'affaire Armand :

Le jury déclare Armand non coupable, la cour condamne Armand à vingt mille francs de dommages-intérêts en réparation du crime que le jury souverain déclare n'avoir pas été commis.

La cour de cassation, trouvant un scandale dans cette révolte contre le verdict du jury, casse l'arrêt de la cour d'Aix, comme non motivé. L'arrêt n'était que trop motivé, et là peut-être était son tort. Mais la cour de cassation avait, en disant toute sa pensée, à craindre de se déjuger elle-même.

Dans l'intérêt de la loi et de la société, que chacun rentre dans son devoir, que le verdict du jury ne soit pas influencé illégalement par les avocats qui plaident contre la loi, et qui ne doivent plaider que contre son application.

Que les jurés ne manquent pas à leur serment et à leur devoir en apportant un parti pris et un *préjugement* à l'audience, et que les magistrats respectent les verdicts du jury quels qu'ils soient.

Ici, j'en aurais trop long à dire.

A ce moment où il me faut m'arrêter et finir, mes regards cherchent du papier blanc, mon crayon s'agite, — mais...

Voici mes derniers mots :

A soutenir l'abolition de la peine de mort, on peut se laisser entraîner sans une conviction bien puissante, parce que cette plaidoirie est féconde en phrases brillantes et faciles, parce qu'elle a un faux air généreux, libéral, humain.

Pour soutenir l'avis contraire, dont la popularité et le succès sont moins certains, parce qu'ils sont moins vulgaires, il *faut être très-résolûment* de cet avis.

C'est une singulière époque que celle où on entend les moutons bêler :

— Il paraît que nos chiens étranglent un loup de temps en temps... Ah! les pauvres loups!

Où l'on entend les mouches bourdonner :

— On dit que le balai de la servante détruit de loin en loin une toile d'araignée... Ah! les pauvres araignées! »

Cependant, moi qui suis d'un naturel bienveillant, je dis :

— Ah! les bons moutons! — Ah! les douces et mielleuses mouches!

Mais, si ces moutons, si ces mouches ajoutent :

— Ah! les méchants chiens! Ah! le vilain balai! Ah! la mauvaise servante! Il faut museler les chiens, il faut brûler le balai, il faut chasser la servante.

Je dis :

— Voilà des moutons bien injustes, voilà des mouches qui n'ont guère le sens commun.

Et je finis en pensant tristement que tout ce qui a précédé était parfaitement contenu dans ma petite phrase :

« Abolissons la peine de mort, mais que MM. les assassins commencent. »

Tout à vous, mon cher Jourdan.

ALPHONSE KARR.

BIBLIOTHÈQUE NATIONALE IMPRIMÉS RF

F. AUREAU. — IMP. DE LAGNY.

www.ingramcontent.com/pod-product-compliance
Ingram Content Group UK Ltd.
Pitfield, Milton Keynes, MK11 3LW, UK
UKHW031942260826
14628UKWH00004B/1796

9 782019 128920